Christian Ritter

Ueber das Causalitätsprinzip Kants

Antigonos

Christian Ritter

Ueber das Causalitätsprinzip Kants

Unveränderter Nachdruck der Originalausgabe von 1877.

1. Auflage 2024 | ISBN: 978-3-38635-061-7

Antigonos Verlag ist ein Imprint der Outlook Verlagsgesellschaft mbH.

Verlag: Outlook Verlag GmbH, Zeilweg 44, 60439 Frankfurt, Deutschland, info@outlook-verlag.de
Vertretungsberechtigt: E. Roepke, Zeilweg 44, 60439 Frankfurt, Deutschland
Druck: Libri Plureos GmbH, Friedensallee 273, 22763 Hamburg, Deutschland

Ueber das Causalitätsprinzip Kants.

Eine Studie.

I.

Unter den mancherlei zur Zeit über Kants Philosophie erscheinenden Schriften und Untersuchungen sucht auch die folgende ein bescheidenes Plätzchen zu erwerben. Eine Studie habe ich dieselbe genannt, um anzudeuten, daß sie nicht als eine Untersuchung angesehen werden soll, die über ihren Gegenstand ein abschließendes Resultat gewonnen haben möchte, sondern als eine Arbeit, die durch den Gang und die Art ihres Vorwärtsschreitens ein Bild zu geben versucht, wie die einzelnen Sätze der Kantischen Philosophie nach ihrer Entstehung und in ihrem Zusammenhange sich einander bedingen und ergänzen. Der Ausgangspunkt derselben kann kein anderer sein, als er in allen Untersuchungen über Kants Philosophie ist, nämlich der von dem „Dinge an sich". Fragen wie die: „Hat das Ding an sich eine metaphysische Grundlage, oder stammt es bloß aus der Vorschrift, die Dinge zu nehmen, wie sie an sich sind, nicht wie sie von unseren Sinnen empfunden werden, oder in unseren subjectiven Erkenntnißformen erscheinen? Und wenn sie ferner nur in letzteren erscheinen, würden dann diejenigen Recht haben, die da behaupten, Kant habe Berkeley nicht überwunden, sondern seine Lehre sei im Ganzen identisch mit der des Letzteren?" Solche und ähnliche Fragen waren es, welche die Untersuchung anregten und leiteten, zumal die letztere, da der Behauptung, Kants Lehre sei nichts weiter als der Idealismus Berkeleys, Kants eigene Erklärung im Anhange zu den Prolegomenen gegenübersteht.

„Der Satz aller ächten Idealisten, von der eleatischen Schule an bis zum Bischof Berkeley, ist in dieser Formel enthalten: „alle Erkenntniß durch Sinne und Erfahrung ist nichts, als lauter Schein, und nur in den Ideen des reinen Verstandes und Vernunft ist Wahrheit." Der Grundsatz, der meinen Idealismus durchgängig regiert und bestimmt, ist dagegen: „alles Erkenntniß von Dingen aus bloßem reinem Verstande oder reiner Vernunft ist nichts als lauter Schein, und nur in der Erfahrung ist Wahrheit."

„Das ist aber gerade das Gegentheil von jenem eigentlichen Idealismus; wie kam ich denn dazu, mich dieses Ausdrucks zu einer ganz entgegengesetzten Absicht zu bedienen, und wie der Recensent, ihn allenthalben zu sehen?"

Diese Frage war es besonders, die zu der Betrachtung der transcendentalen oder formalen Idealität und empirischen Realität von Zeit und Raum aufforderte.

Daß aber ferner diese Frage Kants auch heute noch aufgeworfen werden muß, geht aus dem Umstande hervor, daß jener Recensent immer noch Nachfolger findet, die trotz jener Erklärung behaupten, daß Kant Berkeley noch nicht überwunden habe. Soll Kant kein Bewußtsein von dem gehabt haben, was er schrieb? oder von dem Unterschiede seiner Lehre und der Berkeleys? Ein solcher Nachfolger ist Spicker (Kant, Hume und Berkeley. 1875. Berlin), dessen Philosophie Berkeley näher steht, als die Kantische. Auch Eduard von Hartmann darf hier erwähnt werden, da auch er jenes Urtheil nachspricht:

„Trotz des Mißlingens aller unmittelbar gemeinter Versuche, eine mehr als subjective Realität für die Erscheinung und ihre Formen nachzuweisen, thut Kant aber doch immer so, als wenn dieselbe bewiesen werde, oder aber sich von selbst verstände; denn die empirische Realität, welche er von Zeit und Raum behauptet, will entschieden mehr sein, als subjective Realität (Kritische Grundlegung des transcenbentalen Realismus. II. Aufl. p. 13). Warum ist Hartmann dieser Ahnung nicht nachgegangen? ob er dann noch neben der immanenten Causalität einer transcenbenten würde bedurft haben? oder ob nicht gar dann seine kritische Grundlegung überflüssig gewesen wäre?

Auf Grund obiger Fragen bin ich auf Hume zurückgegangen, von dem Kant selbst eingesteht, daß er so sehr von ihm beeinflußt sei, daß er aus seinem dogmatischen Schlummer erwacht sei.

Wenn nun Kant mit diesem Eingeständniß selbst auf Hume zurückweist, so liegt es nahe, dem Zusammenhange der Lehren beider Männer nachzuspüren, da das geschichtliche Werden eines Werkes oder Gedankensystems am ersten den Schlüssel zu einem Verständniß darreicht, denn ein Nachforschen des Werdens einer Lehre führt gleichsam in die Werkstatt der Gedanken.

Zwar beruht die Berührung Kants mit Hume nicht bloß auf der Lehre beider über das Princip der Causalität, sondern überhaupt auf dem Unterschiede in der Auffassung der Möglichkeit der Erfahrung. Da jedoch das Prinzip der Causalität in diesem Verhältnisse als das Fundament aller Erfahrung eine nicht unbedeutende Rolle spielt, so wird eine jede Untersuchung unseres Gegenstandes der Hauptsache nach sich auf jenes Prinzip richten.

Die Kürze der Zeit und die Enge des Raumes, die einer Programmabhandlung zugemessen werden, gestatten es freilich nicht, in gewünschter Ausführlichkeit und Klarheit die Gedanken Kants darzustellen, zumal die Klarheit der Darstellung erst demjenigen erreichbar ist, dem es recht eigentlich gelungen ist, sich in das System eines Denkers dermaßen einzuleben, daß er dasselbe in seinen Consequenzen zu übersehen und, von den ihm anhangenden Irrthümern gereinigt, gleichsam zu reproduciren vermag. „Das leichteste ist, was Gehalt und Gediegenheit hat, zu beurtheilen, schwerer, es zu fassen, das schwerste, was beides vereinigt, seine Darstellung hervorzubringen." (Hegel. Phänomenologie, 1807. p. 5.)

Vorerst folgt hier nur der Theil der Arbeit, der sich mit dem Prinzip der Causalität als Erkenntnißform des Verstandes und ihrem Verhältniß zu Raum und Zeit beschäftigt, nicht aber mit der Anwendung, welche die Vernunft auf speculativem und praktischem Gebiete von ihr zu machen versucht.

In der „Untersuchung in Betreff des menschlichen Verstandes" forscht Hume nach der Möglichkeit der Erkenntniß durch Verknüpfung von Vorstellungen und Thatsachen und gelangt zu dem Resultate, daß das erkennende Subject denjenigen Theil seines Wissens, der aus der Verknüpfung von Thatsachen gewonnen wird, dem Gesetze der Verknüpfung von Ursache und Wirkung verdanke. „Da jedoch die Ueberzeugung von der Wahrheit der Thatsachen zwar groß aber doch nicht so groß wie die von Vorstellungen ist, da das Gegentheil einer Thatsache immer möglich ist, so ist es deshalb von wissenschaftlichem Interesse, die Natur der Gewißheit zu untersuchen, welche uns von der wirklichen Existenz und von Thatsachen überzeugt, soweit sie über das gegenwärtige Zeugniß unserer Sinne oder die Angaben unseres Gedächtnisses hinausgeht. Alles Schließen in Bezug auf Thatsachen scheint sich auf die Beziehung von Ursache und Wirkung zu gründen." (Hume. l. c. p. 26: Uebers. v. J. H. v. Kirchmann.) Indem Hume aber die von Locke aufgestellte Unterscheidung von primären und secundären Qualitäten der Dinge aufnimmt und angeborene Ideen verwirft, fragt er weiter, wie man zur Kenntniß von Ursache und Wirkung gelange? wie man dazu komme, von zwei ganz verschiedenen Thatsachen zu sagen, sie seien nothwendig mit einander verknüpft, so daß die andere darum geschehe, weil die andere vorher geschehen sei? und gelangt zu dem Resultate, daß diese Regel des Schließens nur eine Gewohnheit sei, die das erkennende Subject erworben habe, und die es anleite, Thatsachen nach der Verknüpfung von Ursache und Wirkung mit einander zu verbinden. „Ich wage es als einen allgemeinen und ausnahmslosen Satz hinzustellen, daß die Kenntniß dieser Beziehung in keinem Falle durch ein Denken a priori erreicht wird, sondern daß sie lediglich aus der Erfahrung stammt, wenn sich ergiebt, daß einzelne Gegenstände beständig mit einander verbunden sind. Kein Gegenstand entdeckt durch die Eigenschaften, welche den Sinnen sich bieten, die Ursachen, welche ihn hervorgebracht haben, und die Wirkungen, welche aus ihm entstehen werden, und unsere Vernunft kann ohne Hilfe der Erfahrung keinen Schluß auf das wirkliche Dasein und auf Thatsachen machen. Wenn ein Gegenstand uns gebracht wird, und wir sollen die von ihm ausgehende Wirkung angeben, ohne frühere Beobachtungen zu Rathe zu ziehen, so frage ich, wie soll die Seele hierbei verfahren? die Seele kann un= möglich die Wirkung in diesem Falle ausfindig machen, selbst bei der genauesten Untersuchung und Prüfung. Denn die Wirkung ist von der Ursache ganz verschieden und kann deshalb niemals in dieser aufgefunden werden." (Hume. l. c. p. 26. 27. 28. 29.)

Wie kommt aber die Seele dazu, von einem Gegenstande, der mir gebracht wird, zu erwarten, daß er eine Wirkung hervorbringen soll? Welches Prinzip wendet die Seele bei diesem Verfahren an? „Dieses Prinzip ist die Gewohnheit oder Uebung..... Ohne die Kraft der Gewohnheit wären wir über alle Thatsachen unwissend, die nicht den Sinnen oder der Erinnerung gegenwärtig wären.... Alle Schlüsse auf Grund der Erfahrung sind deshalb Wirkungen der Gewohnheit und nicht des Verstandes." (Hume. l. c. p. 41. 42).

Indem Hume angeborene Ideen, zu denen das Prinzip der Causalität gehören würde, ver= wirft, muß er auf Grund der Lockeschen Unterscheidung primärer und secundärer Qualitäten die Noth= wendigkeit der Verknüpfung von Ursache und Wirkung als allgemeingiltig bezweifeln, denn, wie er sagt, kein Ding offenbart durch die Eigenschaften, die sich von ihm den Sinnen bieten, die Ursachen, die es her= vorgebracht, noch die Wirkungen, die es hervorbringen wird. Da jedoch nach ihm den Dingen die primären Qualitäten an sich zu kommen, so sind die Dinge wohl im Stande, durch die Eindrücke, die sie in unseren Sinnen durch die secundären Qualitäten hervorbringen, uns zu gewöhnen, eine Verknüpfung von Ursache und Wirkung anzunehmen und auf die Dinge anzuwenden.

Bei näherem Eingehen auf die Behauptung Humes, daß der Mensch durch die Erfahrung auf Grund sinnlicher Eindrücke keine Vorstellung oder Kenntniß von den Kräften eines Dinges gewinnen könne, durch welche ein anderes von ihm verschiedenes, eine Wirkung, hervorgebracht werde, entdeckt sich sehr bald, daß er den Begriff der Ursache viel zu weit auffaßt, indem er Ursache und Kraft identificirt. Daß das erkennende Subject eine Vorstellung von den Kräften eines Körpers nur durch Beobachtung und Erfahrung erlangen kann, das ist unstreitbar richtig. Aber dieser Einwand wendet sich nicht gegen das Prinzip der Causalität selbst, denn dieses sagt nur, daß jede Thatsache ihren Grund haben muß, daß jede Erscheinung, die empfunden wird, nur eine Veränderung ist, der eine andere als Ursache vorhergegangen sein muß. Aber wie komme ich dazu, von einer Nothwendigkeit in der Verknüpfung von Ursache und Wirkung zu sprechen? wie komme ich dazu, nach derselben ganz allgemein Thatsachen mit einander zu verknüpfen? Hume sagt selbst, daß das Gesetz der Causalität zwei von einander verschiedene Thatsachen nothwendig mit einander verknüpfe. Aber woher soll Nothwendigkeit und Allgemeinheit dieser Regel kommen, wenn ihr Ursprung in der Gewohnheit zu suchen sei? Wenn wir uns nur gewöhnen, von den Dingen, die Ein= drücke in unseren Sinnen hervorbringen, Wirkungen zu erwarten, so kann von einer Nothwendigkeit der Verknüpfung nicht die Rede sein, so daß, wenn das Resultat der Humeschen Untersuchung, oder besser, Humes unbegründeter Ausspruch, daß die Gewohnheit uns verführe, eine Regel der Causalität anzunehmen, als gültig anerkannt wird, alle Erfahrung hinfällig werden würde.

Kant, auf den nach seinem eigenen Geständniß Humes Zweifel einen bedeutenden Einfluß geübt haben, hat sich den Behauptungen Humes insoweit angeschlossen, daß er den Inhalt aller Erkennt= niß in die Erfahrung verlegt, in der Begründung oder dem Nachweis der Möglichkeit der Erfahrung sich aber zu ihm in den schärfsten Gegensatz setzt. Auch Kant spricht mit Hume, daß kein Körper durch seine Eigenschaften, die durch Eindrücke der Sinne sich bieten, die Ursachen offenbare, die ihn hervorgebracht haben, dies sei alles nur durch Erfahrung erkennbar und der Verstand könne über dasselbe a priori nichts ausmachen. Aber, so wendet er ein, wenn das wichtigste unserer Mittel zu erkennen, das Prinzip der Causalität, nur auf Gewohnheit beruhen soll, dann ist Erfahrung und Wissenschaft unmöglich, indem wir ganz und gar nicht berechtigt sind, auf Grund der Gewohnheit als einer Art der Erfahrung eine nothwendige Ver= knüpfung der Thatsachen zu verlangen, da die Resultate der Erfahrung nur relative Giltigkeit haben und ihnen Nothwendigkeit nicht zukommt. Woher nehmen wir für die Verknüpfung der Thatsachen nach Ur= sache und Wirkung Nothwendigkeit und Allgemeinheit? Aus dieser Verlegenheit wird Kant gewissermaßen durch Hume selbst gerettet. Hume hatte allen Inhalt des menschlichen Denkens in zwei Klassen unterschieden, nämlich in Vorstellungen und Thatsachen. „Zur ersten Klasse gehören die Wissenschaften der Geometrie, Algebra und Arithmetik, mit einem Worte: jeder Satz von anschaulicher und beweisender Kraft. Daß das Quadrat der Hypotenuse gleich ist den Quadraten der beiden Seiten, ist ein Satz, welcher die Beziehung zwischen diesen Figuren ausdrückt... Sätze dieser Art können durch die reine Thätigkeit des Denkens entdeckt werden, ohne von irgend einem Dasein in der Welt abhängig zu sein." (Hume. l. c .p. 25.) Hume selbst deutet mit diesen Worten auf ein Gebiet hin, dessen Sätze und Lehren beweisende Kraft d. h. Nothwendigkeit besitzen, es ist das Gebiet der Vorstellungen. Während die Beziehung zweier Thatsachen immer zweifelhaft sein kann, ist die Beziehung zweier Vorstellungen gewiß. Es hätte demnach nahe gelegen, auch das Prinzip der Causalität in das Denken a priori zu verlegen, aber diesem stand Humes Abneigung entgegen, da er angeborene Ideen leugnete und die Causalität für eine solche hielt. „Da er es sich nicht erklären konnte, wie es möglich sei, daß der Verstand Begriffe, die an sich im Verstande nicht verbunden sind, doch als im Gegenstande nothwendig verbunden denken müsse, und darauf nicht verfiel, daß vielleicht der Verstand durch diese Begriffe selbst Urheber der Erfahrung, worin seine Gegenstände angetroffen werden, sein könne, so leitet er sie, durch Noth gedrungen, von der Erfahrung ab." (Kant. Kritik der reinen Vernunft. p. 136. Ausgabe von J. H. v. Kirchmann.)

Kant dagegen, indem er die Behauptung Humes, der Begriff der Ursachlichkeit entstamme der Erfahrung, verwirft, lehrt, gestützt auf die reine Mathematik, daß es Erkenntnisse a priori gebe, und rechnet zu diesen die Causalität; er dreht, wie er selbst sagt und sich mit Kopernikus vergleicht, den Standpunkt der ganzen Frage um und sagt, daß nicht die Erfahrung den Begriff, sondern dieser die Erfahrung möglich mache, so daß, wenn die Causalität nicht a priori im Verstande bereit läge, wir in der Erfahrung von einer Verknüpfung von Ursache und Wirkung gar keinen Gebrauch machen könnten.

Hören wir Kant selbst: „Daß alle unsere Erkenntniß mit der Erfahrung anhebt, daran ist kein Zweifel; denn wodurch sollte das Erkenntnißvermögen sonst zur Ausübung erweckt werden, geschähe es nicht durch Gegenstände, die unsere Sinne rühren und theils von selbst Vorstellungen bewirken, theils unsere Verstandesfähigkeit in Bewegung bringen, diese zu vergleichen, sie zu verknüpfen oder zu trennen, und so den rohen Stoff sinnlicher Eindrücke zu einer Erkenntniß der Gegenstände zu verarbeiten, die Erfahrung heißt? Der Zeit nach geht also keine Erkenntniß in uns vor der Erfahrung vorher und mit dieser fängt alle an.

Wenn aber gleich unsere Erkenntniß mit der Erfahrung anhebt, so entspringt sie darum doch nicht eben alle aus der Erfahrung. Denn es könne wohl sein, daß selbst unsere Erfahrungserkenntniß ein Zusammengesetztes aus dem sei, was wir durch Eindrücke empfangen, und dem, was unser eigenes Erkenntnißvermögen (durch sinnliche Eindrücke bloß veranlaßt) aus sich selbst hergiebt, welchen Zusatz wir von jenem Grundstoffe nicht eher unterscheiden, als bis lange Uebung uns darauf aufmerksam und zur Absonderung desselben geschickt gemacht hat... Solche Erkenntnisse, die der Erfahrung vorausgehen, sind mit Nothwendigkeit behaftet, die der Erfahrung abgeht; denn diese sagt nur, daß etwas so oder so beschaffen sei, aber nicht, daß es nicht anders sein könne. Dergleichen nothwendige und im strengsten Sinne allgemeine, mithin reine Urtheile a priori sind im menschlichen Verstande wirklich vorhanden; es sind die Sätze der Mathematik; es ist der Satz, daß alle Veränderung eine Ursache haben müsse; ja in dem letzteren enthält selbst der Begriff einer Ursache so offenbar den Begriff einer Nothwendigkeit der Verknüpfung mit einer Wirkung und einer strengen Allgemeinheit der Regel, daß er gänzlich verloren gehen würde, wenn man ihn, wie Hume that, aus der Erfahrung ableitet." (Kant. l. c. Einleitung.)

Zu diesen Erkenntnissen, die im Verstande a priori d. h. unabhängig von allen Erfahrungen bereitliegen, und durch welche die Empfindungen der Sinne zu Erkenntnissen geordnet werden, gehört besonders das Gesetz der Causalität, gehören die übrigen Kategorien und die reinen Formen der Sinnlichkeit, Raum und Zeit; sie sind es, die die Erfahrung ermöglichen. Welches aber ihr Verhältniß zu den Dingen selbst ist, ob und wie sie ihnen zukommen, das ist die weitere Frage.

Wenn nach den Ausführungen Humes das Gesetz der Causalität nur in Folge sinnlicher Eindrücke als eine Gewohnheit zu schließen unserer Seele innewohnen soll, so ist die Grundlage der Erfahrung selbst nur eine anfechtbare Erfahrung und Erfahrung an sich ohne feste Grundlage. Dies ist in wenigen Worten der Gedanke, den Kant als Resultat aus Humes Zweifeln zieht.

Wie aber schon gesagt, so scheint Hume durch seine Ansicht über die Mathematik auf Kant insofern eingewirkt zu haben, als er das Prinzip der Causalität den Sätzen der Mathematik analog betrachtete. Die Sätze der Mathematik liegen nach Hume im reinen Denken und sind von beweisender Kraft d. h. sie besitzen Nothwendigkeit. Wenn nun das Prinzip der Causalität Nothwendigkeit in sich trägt, wenn es diese aber, falls es aus der Erfahrung stammt, nicht hat, da überhaupt der eine Begriff der Ursache in seiner Nothwendigkeit über alle Erfahrung hinausgeht, so gehört das Prinzip der Causalität, und mit ihm alle übrigen Kategorien, zu unserem Vorstellungsinhalt, der der Erfahrung voraufgeht und vom Verstand a priori angewandt wird. Hatte also Hume, Lockes Lehre in ihren Folgen betrachtend, die Erkenntniß von Ursache und Wirkung durch sinnliche Eindrücke angefochten, so geht Kant insofern einen Schritt weiter, als er die Locke'sche Lehre von den secundären Qualitäten auf die primären ausdehnt, die Kategorien als vor aller Erfahrung vorhergehend in den Verstand verlegt und zu Erkenntnissen a priori erhebt.

Aber nicht bloß die Kategorien verlegte Kant in das Erkenntnißvermögen a priori, sondern außer ihnen noch zwei Formen der Sinnlichkeit, nämlich Raum und Zeit, in denen der rohe Stoff der Empfindungen unserer Sinne geordnet wird. Auf diese Weise hat Kant das Erkenntnißvermögen in zwei Vermögen gesondert, und zwei besondere Fähigkeiten zu erkennen angenommen, nemlich Receptivität und Spontaneität; beide Vermögen bringen durch ihre verschiedenen Thätigkeiten in Gemeinschaft Erfahrung zu Stande. „Vermittelst der Sinnlichkeit also werden uns Gegenstände gegeben, und sie allein liefert uns Anschauungen; durch den Verstand aber werden sie gedacht, und von ihm entspringen Begriffe." (Kant. l. c. Transcend. Aesth. § 1.) Durch diese Lehre sucht Kant Hume weiter zu bilden und den Grund der Erfahrung zu legen.

Hume hatte gelehrt, daß kein Ding durch die Eindrücke, die es auf uns macht, und durch seine Eigenschaften, die den Sinnen sich bieten, die Ursachen entdecke, die es hervorgebracht haben, noch die Wirkungen, welche aus ihm entstehen werden. Nachdem Kant dies anerkannt hatte, verlegte er, wie gesagt, die primären Qualitäten in den Verstand und setzte die Dinge zu Erscheinungen herab; denn wenn wir nur unsere Empfindungen von den Dingen ordnen können und wenn wir die den Empfindungen entsprechenden Körper Erscheinungen nennen, so können wir nur Erscheinungen erkennen, indem wir sie gemäß den Formen unseres Verstandes verbinden. „Die Wirkung eines Gegenstandes auf die Vorstellungsfähigkeit, sofern wir von demselben afficirt werden, ist Empfindung. Diejenige Anschauung, welche sich auf den Gegenstand durch Empfindung bezieht, heißt empirisch. Der unbestimmte Gegenstand einer empirischen Anschauung heißt Erscheinung." (K. l. c. Transcend. Aesth.) In Folge dieser Unterscheidung bleiben die Sinne die Vermittler zwischen dem Verstande und den Dingen, und aller Vorstellungsinhalt geht erst durch die Formen des inneren und äußeren Sinnes, so daß wir die Dinge nur als Objecte der Sinne oder, wie Kant sie auch nennt, als Erscheinungen anschauen. Diesen Folgerungen setzt Kant das Ding an sich gegenüber, eine Art letzter, um so zu sagen, primärer Qualität, die nicht wie die übrigen in den Verstand verlegt wurde, deren Erkenntniß aber dadurch, daß alle übrige Erkenntniß der Dinge durch die Sinne vermittelt wird, unmöglich wird, da im Ganzen von ihr dasselbe gelten muß, was nach Hume von dem Prinzip der Causalität gilt, nemlich daß kein Ding durch die Eindrücke in den Sinnen die Ursachen und Wirkungen offenbare u. s. w.

Wenngleich nach dieser Auffassung von der Lehre über das Ding an sich nur das gelten kann, daß sie aus der Forderung hervorgegangen ist, die Dinge zu nehmen, wie sie unabhängig von unseren Empfindungen sind, „ohne Rücksicht auf die Art, wie wir die Dinge anschauen werden" wie Kant sagt, so hat dieselbe doch noch einen anderen Grund, der bei Kant besonders hervortritt und seinen Ursprung in den schon öfter angeführten Worten Humes hat, nemlich den, daß hinter den Erscheinungen das Wesen der Dinge selbst liege, das aber durch die Eigenschaften den Sinnen nicht offenbart werde. Daß die Lehre vom Dinge an sich auf diesem metaphysischen Grunde steht, geht aus der Kritik der praktischen Vernunft hervor, wo das Ding an sich identisch ist mit der allen unseren Handlungen zu Grunde liegenden Freiheit, die sich aber Humes Lehre entgegen durch unsere Handlungen als ihre Erscheinungen entdeckt. Wenn es auch häufig der Fall ist, daß Kant mit dem Begriff des Dinges an sich nur das Bestreben verbindet, vor Sinnestäuschungen zu warnen und einen reinen objectiven Vorstellungsinhalt zu gewinnen, so ist dies doch, wie eben gesagt, keineswegs seiner Lehre in allen Punkten entsprechend. Denn mag auch aller Inhalt der Erkenntniß nur durch die Sinne gegeben werden, so hat eben die transcendentale Aesthetik den Zweck, einmal Sinnestäuschungen zu vermeiden und dann empirische Realität der Erkenntnißformen in den Verhältnissen der Dinge untereinander und zu unserem Vorstellen nachzuweisen und eine mehr als subjective Erkenntniß der Dinge möglich zu machen. Denn mit Nichten sind nach Kant die Erscheinungen der materiellen Welt nur ein Product unserer Vorstellungen, wohl aber unsere Erkenntnisse von denselben.

Die Lehre von der transcendentalen Idealität und empirischen Realität wird von Kant der Lehre Humes entgegengesetzt, daß in der Empfindung nichts anderes sei als subjective Eindrücke, wie Farbe, Wärme u. s. w., indem er in den Sinnen die reinen Formen, Raum und Zeit, entdeckt, welche von den genannten secundären Qualitäten unabhängig sind und übrig bleiben, sobald von einem Gegenstande diese hinweggenommen werden. „Lasset von eurem Erfahrungsbegriffe eines Körpers Alles, was daran empirisch ist, nach und nach weg: Die Farbe, die Härte oder Weiche, die Schwere, die Undurchdringlichkeit, so bleibt doch der Raum übrig, den er (welcher nun ganz verschwunden ist) einnahm, und den könnt ihr nicht weglassen.“ (Kant. l. c. Einl.) Weiter wird dieser Gedanke von Kant ausgeführt: „Die Farben sind nicht Beschaffenheiten der Körper, deren Anschauung sie anhängen, sondern nur Modificationen des Sinnes des Gesichts, welches vom Lichte auf gewisse Weise afficirt wird. Dagegen gehört der Raum als Bedingung äußerer Objecte nothwendiger Weise zur Erscheinung oder Anschauung derselben. Geschmack und Farben sind gar nicht nothwendige Bedingungen, unter welchen die Gegenstände allein für uns Objecte der Sinne werden können. Der Raum aber betrifft nur die reine Form der Anschauung, schließt also gar keine Empfindung (nichts Empirisches) in sich und alle Arten und Bestimmungen des Raumes können und müssen sogar a priori vorgestellt werden können, wenn Begriffe der Gestalt als der Verhältnisse entstehen sollen. Durch denselben ist es allein möglich, daß Dinge für uns äußere Gegenstände sind.“ (Kant. l. c. Transcend. Aesth. I. Aufl.) *)

Diese beiden Formen des Gemüths, Raum und Zeit, sind es, die das Fundament aller Erkenntniß bilden, da durch sie dieselbe vermittelt wird; sie sind allgemein und nothwendig und besitzen transcendentale Idealität, lassen sich aber stets in der Erkenntniß durch Erfahrung aufzeigen, so daß sie empirische Realität besitzen. „Dagegen gründet sich ihre objective Realität doch lediglich darauf, daß, weil sie die intellectuelle Form aller Erfahrung ausmachen, ihre Anwendung jederzeit in der Erfahrung muß gezeigt werden können, so daß sie den Erscheinungen immanent sind. Der Satz, der Raum hat drei Abmessungen, ist ein Satz, mit dem das Bewußtsein Allgemeinheit und Nothwendigkeit verbindet, die er nicht haben würde, wenn er aus der Erfahrung entlehnt wäre. Auf diese Nothwendigkeit a priori gründet sich die apodiktische Gewißheit aller geometrischen Grundsätze und die Möglichkeit ihrer Construction a priori. Wäre nämlich diese Vorstellung des Raumes ein a posteriori erworbener Begriff, der aus der allgemeinen äußeren Erfahrung geschöpft wäre, so würden die ersten Grundsätze der mathematischen Bestimmungen nichts als Wahrnehmungen sein. Sie hätten also alle Zufälligkeit der Wahrnehmung und es wäre eben nicht nothwendig, daß zwischen zwei Puncten nur eine grade Linie sei, sondern die Erfahrung würde es so jederzeit nur lehren. Was von der Erfahrung entlehnt ist, hat auch nur comparative Allgemeinheit, nämlich durch Induction. Man würde also nur sagen können: so viel zur Zeit noch bemerkt worden, ist kein Raum gefunden worden, der mehr als drei Abmessungen hatte.“ (Kant. l. c. Transcend. Aesth. § 2 u. 3.) Die transcendentale Idealität des Raumes ist sein Vorhandensein im Erkenntnißvermögen vor aller Erfahrung d. h. a priori,

---

*) Indem hier eine Stelle aus der ersten Auflage der Kritik der reinen Vernunft herangezogen wird, scheint es nöthig, ein Wort über das Verhältniß der ersten zur zweiten Auflage zu sagen. Bekanntlich erklärt Schopenhauer die erste Bearbeitung für diejenige, welche Kants Lehre am reinsten darstelle. Wenn aber v. Kirchmann sagt, daß Schopenhauer dies darum behaupte, weil seine Lehre mit der ersten Auflage am nächsten übereinstimme, so scheint er doch nicht das richtige zu treffen. Der Grund ist vielmehr folgender: In der ersten Auflage giebt Kant seine Lehre im Gegensatze gegen Hume und darum in rigoroser Form, während er in der zweiten die Grundgedanken der ersten zwar nicht im mindesten abschwächt, dagegen den Recensionen gegenüber das Verhältniß der vorgetragenen Lehre zur Empirie ausführt, so daß er scheinbar von dem streng idealistischen Standpunkte der ersten Auflage abgeht. Aus dieser Differenz mancher Stellen der beiden Auflagen läßt es sich erklären, warum Schopenhauer und vielleicht jeder, der einen Einblick in Kants Lehre gewinnt, die erste Bearbeitung für die bessere zu halten geneigt ist, trotzdem Kant die zweite Bearbeitung für die richtigere ansah.

verbunden mit Nothwendigkeit und Allgemeinheit aller seiner Sätze, die Erfahrung nicht geben kann; Erfahrung giebt denselben empirische Realität d. h. nur relative, nicht allgemeine und nothwendige Giltigkeit. Der Satz, daß der Raum drei Abmessungen habe, ist ein synthetischer Satz a priori und besitzt insofern empirische Realität, als die Objectivität der drei Abmessungen in dem Gesetze der Attraction nachgewiesen werden kann. (Vergl. Ueberweg. Gesch. der Philos. III. p. 191. 4. Aufl. und Kant. l. c. Transcend. Aesth. § 7.)

Eben dies gilt von der Zeit. „Sie hat nur eine Dimension: verschiedene Zeiten sind nicht zugleich sondern nacheinander (sowie verschiedene Räume nicht nacheinander, sondern zugleich sind). Diese Grundsätze können aus der Erfahrung nicht gezogen werden, denn diese würde weder strenge Allgemeinheit, noch apodiktische Gewißheit geben... Hier füge ich hinzu, daß der Begriff der Veränderung und mit ihm der Begriff der Bewegung (als Veränderung des Ortes) nur durch und in der Zeitvorstellung möglich ist; daß, wenn diese Vorstellung nicht Anschauung (innere) a priori wäre, kein Begriff, welcher es auch sei, die Möglichkeit einer Veränderung, d. i. eine Verbindung kontradictorisch entgegengesetzter Präbicate in einem und demselben Objekte begreiflich machen könnte. Nur in der Zeit können beide kontradictorisch-entgegengesetzte Bestimmungen in einem Dinge, nämlich nacheinander, anzutreffen sein.“ Soll jedoch aus dieser empirischen Realität bewiesen werden, daß beide Formen den Dingen an sich zukommen, so tritt jener falsche Empirismus zu Tage, vor dem Kant selbst schon gewarnt hat.

Aber, so fragen wir weiter, wodurch wird in der Zeit, die nach Kant nur subjectiv als Form des innern Sinnes ist und die aufeinanderfolgenden Empfindungen an einander reiht und verknüpft, wodurch wird in der Zeit bestimmt, welche von den empfundenen Erscheinungen die objectiv frühere ist, denn „das Mannigfaltige der Erscheinungen wird im Gemüth jederzeit successiv erzeugt,“ aber es soll gezeigt werden, „was dem Mannigfaltigen an den Erscheinungen selbst für eine Verbindung in der Zeit zukomme, indessen daß die Vorstellung desselben in der Apprehension jederzeit successiv ist.“ Nachdem Kant an den Beispielen der Wahrnehmung eines Hauses und eines den Fluß hinabfahrenden Schiffes den Unterschied der Folge der Empfindungen in beiden Wahrnehmungen nachgewiesen, zieht er aus der Wahrnehmung des Schiffes, welches zuerst oberhalb, sodann unterhalb gesehen wird, die Folge, daß in dieser Wahrnehmung eine bestimmte Ordnung sei, welche es nothwendig mache, wo ich in der Apprehension anfangen müßte, um das Mannigfaltige empirisch zu verbinden.

Nachdem er diese Ordnung eine „nothwendige“ genannt hat, fährt er fort: „Ich werde also, in unserem Fall, die subjective Folge der Apprehension von der objectiven der Erscheinung ableiten müssen, weil jene sonst gänzlich unbestimmt ist und keine Erscheinung von der anderen unterscheidet.“

Indem Kant über die Apprehension in der Zeit selbst urtheilt, daß sie als nur subjective Folge der Apprehension ganz beliebig sei, und sie durch eine in der Ordnung der Erscheinungen bestehende, von ihm nothwendig genannte, Regel zur objectiven Folge bestimmt werden läßt, begeht er den Fehler, der Hume veranlaßt hat, seine Kritik gegen die Verknüpfung von Ursache und Wirkung zu richten, daß er die Apprehension in der Zeit gleichsam durch sich selbst beweisen will, und ferner einen zweiten, daß er dieser Verknüpfung Nothwendigkeit beilegt, da sie, wenn sie in dieser Weise abgeleitet wird, nur Gewöhnung ist oder nach Kants eigener Lehre höchstens, als auf Induction beruhend, nur relativ ist, d. h. soweit giltig ist, wie bis jetzt die Erfahrung reicht. Wenn demnach diese Regel der Verknüpfung nothwendig sein soll, so muß sie nach Kants eigener Lehre a priori sein d. h. in dem Verstande vor aller Erfahrung bereit liegen, ja vor Raum und Zeit selbst vorhergehen, und der Lehre von diesen beiden Formen analog transcendentale Idealität und empirische Realität besitzen. Daß dies trotz obiger Abirrung, in die Kant seinem Schematismus zu Liebe gerathen zu sein scheint, Kants eigener Gedanke ist, zeigen folgende Worte: „Zwar scheint es, als widerspreche dieses allen Bemerkungen, die man jederzeit über den Gang unseres Verstandesgebrauchs gemacht hat, nach welchen wir nur allererst durch die wahrgenommenen und verglichenen, übereinstimmenden Folgen vieler Begebenheiten auf vorhergehende Erscheinungen, eine Regel zu entdecken, geleitet worden, der gemäß gewisse Begebenheiten auf gewisse Erscheinungen jederzeit folgen und dadurch veranlaßt worden, uns den Begriff von Ursache zu machen. Auf solchem Fuß würde dieser Begriff bloß empirisch sein, und die Regel, die er verschafft: Daß alles, was geschieht, eine Ursache habe, würde ebenso zufällig sein, als die Erfahrung selbst; seine Allgemeinheit und Nothwendigkeit wären alsdann nur angedichtet und hätten keine wahre allgemeine Giltigkeit, weil sie nicht a priori, sondern nur auf Induction begründet wären. Es geht aber hiermit so, wie mit anderen reinen Vorstellungen a priori (zb. Raum und Zeit), die wir darum allein aus der Erfahrung als klare Begriffe herausziehen können, weil wir sie in die Erfahrung gelegt hatten und diese daher durch jene allererst zu Stande brachten. Freilich ist die logische Klarheit dieser Vorstellung einer, die Reihe der Begebenheiten bestimmenden Regel, als eines Begriffs von Ursache, nur alsdann möglich, wenn wir davon in der Erfahrung Gebrauch gemacht haben; aber eine Rücksicht auf dieselbe, als Bedingung der synthetischen Einheit der Erscheinungen in der Zeit, war doch der Grund der Erfahrung selbst und ging also a priori vor ihr vorher." Nach diesen Worten ist das Prinzip der Causalität die Bedingung der synthetischen Einheit der Erscheinungen in der Zeit, d. h. sie ist die Möglichkeit der Wahrnehmungen der Erscheinungen in der Zeit, so daß ohne die Regel der Verknüpfung nach Ursache und Wirkung in der Zeit überhaupt keine objective Unterscheidung der Erscheinungen stattfinden würde, da die Zeit nur die leere Form des inneren Sinnes ist. Würde die objective Folge der Erscheinungen in der Zeit aber erst durch Ursache und Wirkung allein bestimmbar sein, dann würde das propter hoc die alleinige Bedingung des post hoc sein.

Wenn aber diese Folgerung anerkannt würde, so läge in ihr ein Widerspruch gegen die empirische Realität der Zeit, die Kant aufgestellt hat; die Zeit und in ihnen die Veränderungen des Realen werden empirisch wahrgenommen, weil die Zeit empirische Realität hat; diese empirische Realität der Zeit folgt nicht erst aus der empirischen Realität der Causalität, die jene nach den Beweisen Kants einfach verlieren müßte oder überhaupt nicht nöthig hätte. Dagegen ist aber immer richtig, daß die Causalität der Zeit und dem Raume in uns in gewissem Sinne vorangeht, da sie dem Vorstellungsvermögen a priori angehört, denn daß wir etwas, sei es im Raum, sei es in der Zeit, überhaupt wahrnehmen, das bewirkt die Causalität, mit der der Verstand nach den Ursachen der Veränderungen in unseren Sinnen forscht. "Der Verstand nämlich faßt (Schopenh. Wurzel. von ur. Gr. p. 53) vermöge seiner selbsteigenen Form, also a priori, d. i. vor aller Erfahrung (denn diese ist bis dahin noch nicht möglich), die gegebene Empfindung des Leibes als eine Wirkung auf ein Wort, welches er allein versteht, die als solche nothwendig eine Ursache haben muß. Zugleich nimmt er die ebenfalls im Intellect, d. i. im Gehirn, prädisponirt liegende Form des äußeren Sinnes zu Hilfe, den Raum, um jene Ursache außerhalb des Organismus zu verlegen: denn dadurch erst entsteht ihm das Außerhalb, dessen Möglichkeit eben der Raum ist, so daß die reine Anschauung a priori die Grundlage der empirischen abgeben muß." —

Fragen wir jedoch, wie Kant dazu gekommen ist, die Wahrnehmung von Veränderungen in der Zeit von der Verknüpfung von Ursache und Wirkung abhängig zu machen, so scheint es die Lehre von der zweiten reinen Form der Sinnlichkeit, der Zeit, und von dem Verhältniß der Kategorien zu den Dingen gewesen zu sein; die Lehre von der Zeit insofern, als die Zeit die reine Form des inneren Sinnes sein soll, so daß ihre empirische Realität nicht außer uns, sondern in uns liegen soll, während doch ihre empirische Realität analog derselben Eigenschaft des Raumes und der Causalität den Erscheinungen zukommen muß; denn die Zeit ist in derselben Weise eine Form unseres Gemüths wie der Raum, und von ihr muß dasselbe gelten, was von diesem, nämlich daß ihre empirische Realität gleich objectiv ist. Unter diesen Bedingungen bleibt zwar der Charakter der Causalität derselbe, aber die Zeit wird unabhängig von ihr eine selbständige Form der Wahrnehmung, so daß die objective Wahrnehmung eines post hoc nicht abhängig ist von dem propter hoc; ferner die Lehre von den Kategorien, insofern durch diese die Wahrnehmungen in der Zeit objectiv bestimmt werden sollen. Diese Lehre beruht auf der Ansicht, daß der Verstand die Dinge erkennen soll, wie sie unabhängig von unseren Sinnen an sich sind. Kant verfällt also hier in den Widerspruch, daß er, obwohl er die Dinge, für Erscheinungen erklärt hat, denselben die primären Qualitäten weiter zu kommen läßt, während diese doch nur aus den drei Grundformen des Verstandes, Raum, Zeit und Causalität, abzuleiten und durch sie anwendbar sind. (Vergl. Schopenhauer. Welt als W. und Vorst. I.)

Abgesehen von manchen Irrthümern ist das Wesentliche der Lehre Kants, daß der Causalität transcendentale Idealität und empirische Realität, wie Raum und Zeit sie besitzen, zukommt und gleich diesen nur auf Erscheinungen anwendbar ist, dieselben aber keineswegs zu Dingen an sich umformen kann.